く

自由律俳句集

さはらこあめ

目次

平成二十三年

駅ビルから見渡す命いっぱい

少女いま折り鶴になる

空をまあるく受けとめて柳

鴉が鳴いて正座

どしゃ降り連れて歩くかかと

空食うあくび日向の坂の猫

月のほつれて蛍ひとすくい
あっかんべえ褪せた鳥居の鴉の巣
明日すくわれる足元

辺りは暗い足で辿る
ガラスの雨粒ゆっくりバイバイ
酔いざめにどしゃ降りをストレートで

どんだけの血を見てきとんかなお天道さん
あのつぼみより先に咲いてしまいそうだ
涙あふれて打つ文字の腫れあがり

あの芒の下へ私を埋めてあるんだ
今日も生きている風の行き先

平成二十四年

かたい道を落ち葉あたたかくしていく
黒い雲をなめる月
足跡から冬がなる

遠吠え忘れ人の狭間に居る
草も木も地球の外へ背を伸ばす
生々しさばかり浮かぶ湯船だ

月光に女という名の肉浸す
ささくれた雲を野良猫と見ていた
いきどまりの彼岸花

落ちる日はどうしてこうも焦がすのか
次から次へと過去になる煙草燃える
深爪のあと残してのびていた

襟足にこぼれる月とふたりきり
目を閉じて樹海の風を聞いてみようか
短い吸い殻ばかりだもう朝か

空は暗転し正しく点滅する信号
あついあつい骨を手に取る
やさしい雨が真っ直ぐ落ちる

やさしくされました電線に這う月

空っぽの踊る葉桜

生命線に感情線くっつけて倖せってあるね

納骨終えて父は空き部屋で呼吸している
ごめんなさいと言ったあと鯉一匹跳ねる霧雨
ひとおどりして泥は泥として

太股の間から月を見た
壺へ入りきらぬ骨の埋もれ火
しっとり泣けて雲が流れる

しわだらけで影が生えていた
遠い窓明かりが月よりも星よりも
なにかたりない街へ帰る

どこまでが空なのか燕は行った
もう帰ろうか繋いで歩こう
空っぽの巣から羽音

道連れのない月が溢れる
さくらんぼう越しのご挨拶たわわに
葉先細く青光る雑草としてなびく

平成二十五年

砂浜へ置いてきた裸足
花を一枚一枚ほどいていく親指と人差し指
軒先のしずくに濡れた

飛行機雲まっすぐ消えていく
見えない星の絵本を開く
思い出を酒とやり直す

湯を浴びる私が流れていく
やっぱりひとりでいようか水たまり
埋めた記憶が芽吹いていた

抜けたまつげ長くこのままでいたいと思う
医者の治せぬ病の世話する互いの笑みを確める
雲に透ける月を追う手紙は出せないままでいる

孤独だということだという俳人と俳人の会話

どうしたらいいのかテトラポットの先に居る

なつかしいうたが流れる明るすぎるコンビニから夜をのぞく

白い道ゆくあしあとからとけていく夢のあった日をなつかしむ

海の文字ある駅名で海は埋め立てられている

菜の花ゆでる月の出のサイレン大きく止まった

ほこりと積みあがる本を見ている今夜名月

よりどころなく道がある今日も朝がある

頬杖ついたベンチそろそろかなとひぐらし

塩分は控えめに一人で海へ行かないこと
水平線にテキーラこぼし鉄の匂い
花びらがまだ濡れている電車を乗り過ごす

遠い空遠い月遠い星あきらめる
トマトをつぶしながら煮詰める月経の夜
誰とも話さなかった爪先へ百日紅ひとつぶ

秋なのか冬なのか私はどうしたらいいのか
マフラーに絡まった落ち葉連れて帰ってた
苦しみの座るひざへ猫甘えてくる

夜業のあと母を思い出すつぶれた布団
仕事の不満を湯で割る焼酎
死にたいまま生きている鼻をかむ

あぐらふむ猫のど鳴らす
ひとり湯冷ましの水を飲む
もうたくさんです夕焼け

せまい部屋のひとりすき間だらけ
笑っていいよ何も変わらないから
指のすき間を埋める指

乾ききった絵筆かさぶたの色
両目いっぱいの空
青いところまでが空だと思ってた

忘れていく人に名前呼ばれた
記憶を病む人の記憶に居た
散っても赤い

女を病んで月はただの石
そっとしといてくれ金木犀
胸ん中乾いてくほど濡れる目ん玉

月がまあるく欠けている
まぶたのうらをみているよる
鴉に鳴かれ正座

欄干の靴跡へ淡雪
カーテンに透けた陽を服用する
なんてことはない窓が晴れている

足跡から雪が解けていく
帰りたいのか猫月夜
漫画みたいに泣いてしまった

町の窓の明かり終わりの始まり
せめるもののいないよるのしんとする
ずっと走る夢を見ていた

あの時の煙草だひんまがって
首かしげあと少しの寒さを待つ
今日は新月だ丸くなって眠ろう

夕立が降ってきた膝でおやすみ
出口のある部屋へ閉じ籠る
雷はまだか雨のてっぺんを睨む

身の錆を洗う私が流れていく

金がない吸い殻がひんまがる

寝返り打って壁がある夜長

寝て覚めていつもの道が工事中
お静かに鴉の口がつるつるよ
週末に蝉が豪雨となり更ける

幸の字の横棒いっぽん杖にする
空は空たっぷり息を吸う
安らかになる薬が鰯の目ほど小さい

死んだゴキブリと冷えきっている
母を憎んで同じ顔になっていた
嘔吐する母の背骨の蝉時雨

桜咲くらしく母は死んだ
死の温もりと生きている
母のふくらみに眠る

ずっと笑っている寂しい写真
余白残しながらひばり飛んでいった
車窓から故郷を見送る

父の火をもらい黙礼
残り火に火傷しながら手をかざす
どの色を塗ろうかこの顔

花を捨てる花を買う

小言飲み込んで大根すりつぶす

やわらかく叱る人居り蜜柑の花

ありがとうと言えた兎の餅が落ちてきそう
昨日の雨で紫陽花咲いている
捨てられた道に優しい人が居た

シャボン玉割れた欠片なく
工員が空を詠む雨ざらし
枯れ枝が町へ巣を張る陰

胸んとこおでこ寄せてわかってほしい
来た道ついばむ鳩うなずく
指先まで風を吸う

清んだ雲遠い友を思い出す
どんぐりの数ほど子に返る

平成二十六年

ひとりの部屋の朝が来た
脱いだ靴は前向きにうちへ帰る
山のてっぺんから朝になる

駅の階段やじるしのとおりに下る
人もまだらの寒い駅の月がない
屋根の途切れたところがホームの喫煙所

明るすぎるコンビニの明けきらぬ朝の挨拶
終点のホームふくれた鳩がいる
黄色い線の内側で同じ顔の行列

とほうにくれるまもなく朝の列車
川を越える車窓の日に当たる
風の名を春と呼びたくなる歩道

川のほころぶ石のかど
頬杖で聞いている町の音
うつむいて猫の便がある

街灯のある道へ出た
なにもないなにもない踏みしめる土踏まず
泣いたままちゃんと帰宅

山が眠る月のアーチの下
折れた頁から進まない
押して潰して花を残す頁

これがおまえの破片か
ほうじ茶すすするいくじなしでいる
ふとんにしまう一体

枕がそっと反発してくる
じっとしている腹が鳴る
カーテンの裏で朝になった

腹の虫を飼い慣らそうか
雑巾を縫うささくれの指
雲が灰色で動かん

ビルの隙間の風急ぐ
青で進む赤で止まる寒い
男に雪が降る静か

ほどほどに降って白銀の町
雪の声とぎれた夜の小指に血
雪の泥へ花の雨

四十路の背を撫でられている
しあわせなひととわかれてきた
性別があることのあれやこれや傘を干す

ごみ箱の蓋が混じりけのない青
ごみを資源にし眠るしかない部屋
この身だけ棄てられない

噛み合わない歯が痛む
珈琲を注ぎ争うニュース流れる
肉を食うパンを食う何が残る

握り返さぬ手の肉の塊
性のしがらみ野の花の名も知らない
顔の灯り消して心が鬼になる

蝶を描く花の枯れた部屋
もう会えない声を聞く
あなたのいない町で信号を待つ

つまずく片足ささえる両手
ゆすらうめ口はつぐんでおく
藻の花や私は虫けらかもしれない

切り損ねた髪を束ね働く
蝉の声が私に蓋をする
鏡丹念に磨き四十のつらがある

蚊をいぶし気配のない部屋
米を炊くひと部屋のひとり
背を撫でる手のひらの残像に居る

板敷きのあんばい台所の窓から花火
草原をくしけずる風も明けたろう
馬の目に私が小さい

また謝り灰皿の灰
砂の上に海がある砂の上に立つ
桜散る道の生きている人たち

猫が居る人が死んだ空き地
雲ひとつない屋上の煙草消す
まぶたがいやとうつむいた

だれかたすけてにんげんにうまれた
殴られて蹴られて隅の煙草
呑めばしおれ呑んで母よ

密葬の屋根に白く残る
散り花なびく鯉の尾びれ
コーヒーの時間かべの蠅取り蜘蛛を見ている

グループホームの窓あじさいになった折り紙
種蒔き終わり胡座ひとつ寝かせる
ほうれん草間引き曇りなき空

落ちた椿が山へ続く道
実石榴で妻は無色になっていく
時計を仕舞い銚子電鉄

かもめの腹を見ている
波の日だまり風車が回る
浜に残る薬莢の軽きこと

海のがらくた人のかけら
炭酸水のような波と砂の上
水際の流木は今

マッチ箱に海の絵がある
猫の尻追う季語のある町
ひと呼吸おいて隣の横顔をまた

グラスの水があふれた
みんなみんなみんなみんな背中
夢のない眠りから覚めた

秒針を見ている女座り
箸の贈り物ゆっくり頂く
滝の風に打たれる

悪たれがヒマワリのように泣いている
子守唄が眠った
草茂るあたたかいおにぎりがある

花の咲く頃帰っておいで
つつじの丘の月光で待つ

平成二十七年

煙草一本もらい火だけはある
狂った人ひざを並べて座れば正気の笑顔
痛む頭湯からはみ出す

ろうそくの火が祈りの目へ灯る
少女の絵がない
廃屋に柱あり人に骨あり

雪ふとり一本の木の緑
ごみを拾う花だった
夕日が波になっていく

あなたの手紙を栞にする
窓にカマキリ雨やどり
十かぞえて触れるまで鬼

給料もらうために笑っている
蝉はしぐれてもうすぐ死ぬの
空は晴れてまたひとり

桜だったかこの木
ほしのない街もつきがある

平成二十八年

しじみの汁の夜のしみじみ
石を投げて落ちた
かあさんゆびで火を止めた

山の際に地蔵
夢の字が右上がり
空が白い降りもせず

明かりあるまで眠らずに居る
手を取る人の春残る手
あなたの息が白く温かい

く
自由律俳句集

2016年4月30日　初版第一刷発行
著者　さはらこあめ
発行所　ブイツーソリューション
〒466-0848 名古屋市昭和区長戸町4-40
電話　052-799-7391
ＦＡＸ　052-799-7984
発売元　星雲社
〒112-0012 東京都文京区大塚3-21-10
電話　03-3947-1021
ＦＡＸ　03-3947-1617
印刷所　富士リプロ
万一、落丁乱丁のある場合は送料当社負担でお取替えいたします。
小社宛にお送りください。
定価はカバーに表示してあります。

 ISBN 978-4-434-21853-8